2015-2017

朵渔诗选

在猎户星座下

作家出版社

朵渔

诗人，随笔作家。1973年出生于山东，1994年毕业于北京师范大学中文系，现居天津。曾获华语文学传媒大奖·年度诗人奖、柔刚诗歌奖、屈原诗歌奖、海子诗歌奖、天问诗人奖、单向街书店文学奖、《诗刊》《诗选刊》《星星》等刊物的年度诗人奖等。著有《史间道》《追蝴蝶》《最后的黑暗》《意义把我们弄烦了》《原乡的诗神》《生活在细节中》《我的呼愁》《我悲哀地望着我们这一代人》等诗集、评论集和文史随笔集多部。

目录

辑二　斩首之邀

辑三　先知的下落

辑四　奏鸣

辑五　该如何

附录

在猎户星座下

　　　　——给于坚

那天清晨，我们驱车来到雪山脚下，枯草上结着霜

玉龙雪山被一条带状云缠绕，只露出祂雄性的、基
　　础的部分

你指给我看，喏，山，仿佛因过于硕大而变成了
　　"无名"

我说我曾经看到过祂，那是在黎明时分的树杈间，
　　迎面撞见

如一块熊熊燃烧的煤，一颗在天空怦怦跳动的宇宙
　　的心

你也是用这样的口气，喏，是祂。是祂。隐没着，
　　像个大神。

只有北风在祂的脚下呼啸着，吹响死者的骨头，像
　　是那种

越过海岬之后所遇到的最广阔的风。我们站在神山
　　脚下，仿佛

整个陆地都在下沉，周围是一种兽群般沉重的喘息

一个平原上的写作者，终于解除了自身的枷锁，匍
　　匐在

空气稀薄的高原上，神山让高原也谦卑、隐伏下来

必须转向群山，"群山会给我们以帮助"①。

----

① 《新约·马太福音》。

而在群山之上，有一种更高的秩序，你指给我看
山的西南方向，那是猎户星座。但群星隐没，就像
洞见者发现的一个空无——而我们知道祂在：一种
　秩序。
多年来，我们依靠平原上的事件活着，那轰鸣的生活
总是被一些小词填充着，被一些道德律点缀着
我时常以为那就是力量，现在好了，为了摆脱统治，
　我们
受雇于一个更大的秩序——头顶的星空，和星空下
　的诸神
作为方向和基础，高寒的智慧，几乎是平静，一种
　愤怒
被消化了，像素食，我认出伟大如同渺小，秩序如
　同无常
我喜欢这些匍匐在星空下的雪山，雪山下的人群，
　人群
脚下的枯草，干净，朴素，弱小，毫无雄心地自爱着
现在，我也学会了像个散淡的大师，在众人喧哗时
选择沉默，时而露出释然的微笑。哦词的晚年。温
　润如玉的晚年。
但夜晚依然年轻啊。夜晚笼罩着我们，带走我们黎
　明的情人
审判也正从我们手中滑走，虚无如同大雾在海上生
　成……

死在撒马尔罕

这个草民已在绝望中生活了很久，
上帝给了他三个孩子，算是安慰。

他希望孩子们能够比他过得好一点，
至少一点点，比如有饭吃，有鞋穿。

至于他自己，好坏已经无所谓了，
只要有酒喝，就会有好的睡眠。

那天他带着孩子们出行，也是想
找个生路吧，让火车带他们去远方。

就在家乡的火车站，他遇到了来自
撒马尔罕的死神：一颗赴约的子弹。

关于撒马尔罕的故事，让·波德里亚
曾在书中讲过，我不妨在此重述一遍：

国王的士兵在市场的拐角遇见了死神
赶紧跑回王宫，要国王赐他一匹快马

他要趁夜色跑得远远的，以避开死神
直抵遥远的东方圣城撒马尔罕。

国王召见了死神，责备他不该威胁
自己的部下，死神说，我没想吓唬他

他跑这么快，我也很吃惊，事实上
我们的约会定在今晚，在撒马尔罕。

父与子

我还没准备好去做一个十七岁男孩的父亲
就像我不知如何做一个七十岁父亲的儿子

十个父亲站在我人生的十个路口，只有一个父亲
曾给过我必要的指引
而一个儿子站在他人生的第一个路口时，我却
变得比他还没有信心

当我叫一个男人父亲时我觉得他就是整个星空
当一个男孩叫我父亲时那是我头上突生的白发

作为儿子的父亲我希望他在我的衰朽中茁壮
作为父亲的儿子我希望他在我的茁壮中不朽

我听到儿子喊我一声父亲我必须尽快答应下来
我听到父亲喊我一声儿子我内心突然一个激灵

一个人该拿他的儿子怎么办呢，当他在一面镜子
　中成为父亲
一个人该拿他的父亲怎么办呢，当他在一张床上
　重新变成儿子

我突然觉得他们俩是一伙的，目的就是对我前后
　夹击

我当然希望我们是三位一体，以对付这垂死的人
　间伦理。

大地灵巧如一双鞋匠的手

大地灵巧如一双鞋匠的手
它收容一切，修补一切
好人或坏人，洁净亦如是
肮脏亦如是。我们被安置
在这雾霭四起的大地上
那高于我们和低于我们的
都没能带来必要的教诲
我们活得如此这般，像一个
未获启示和蒙恩的人
活在自身的困惑里，而万物
则活在自身的意图里
像那些在雨中匆匆赶路的树
有时会停下来，静静地
看着我们，带着一丝怜悯
而大地灵巧如一双鞋匠的手
它安排这一切，允诺这一切
并带着怎样的忧郁，怎样的
确然，轻轻地说出：你。

讲和

我发明了一种和这个世界讲和的
方式：背对它，不理它，干煸它

我曾举着灯，却只发出一小片光亮
我的灯越亮，前面的道路就越黑暗

我曾寻找稻草，那最后一根救命的
稻草，也正是压垮骆驼的那根稻草

我紧盯着一道光，直到眼前一片黑暗
狱中的自由吓坏了我，自由如此新鲜

记住一个影子吧，不让它随光消逝
记住一段音乐，不让它随耳朵流亡

这是一个厕身的时代，谢谢你耶稣
谢谢你尼采，让我混蛋但不必绝望。

卑微

我对我的无知就像我和你
你有时在有时像天空所呈现的一种
空洞的蓝，我无法确知你因为我就在

你中。卑微，因此卑微也在我的体内
我曾听到一阵不是的风吹送来的消息
一只甲虫要来与我同归于尽，不是你。

天啊，我的眼睛所赞同的我的耳朵却
表示反对，我已无法统一自己的全境
当灰色鸟群翔集于灵魂的对角线

犹如我的诗之于我全部的过往
卑微也被打包压缩在这些字里行间
其中有你，其中有我，而我有所不知。

作品

一个老年泥水匠在楼前马路上
修补一个窨井，井盖被车辆
轧塌了，他要在雨季来临之前
将它修好。一小堆水泥和沙子
一辆绿色手推车，一两件工具和
一小滩水迹，在阳光下，他显得
孤独又清晰，还保持着老手艺人的
精细，就像一位外科医生
要将伤口缝合得完美无缺
而大雨就要在黄昏来临
新鲜的水泥还来不及干
他的作品将在一片汪洋中毁于一旦
我们都是这么想的，而事实也许
正如我们所想的一样，毁于一旦
但在毁掉之前，他要将它做好
就像这首诗，写完之后再被人遗忘。

无非是窃取，无非是消耗

敲敲打打，一张小板凳做成了
你说你在创造，柏拉图一阵狂笑

我们来世上只是一种消耗，爱是消耗
恨是消耗，不爱不恨是空耗，物也消耗着我们

比喻能解决什么问题？ A 像 B，或不像 B
将生活比喻成一张网，一粒米，有意义么？

无非是窃取，无非是消耗，颤栗窃自
闪电，狂喜窃自偷盗

当我发现一行别人的诗句出现在自己的
诗里时，就像发现一件赃物藏在自己家里。

静默

天一直很暗，厚重的云层阴沉着
时不时飘下一阵急雨，像是一种遗弃
石板地闪着光，树上的鸟儿
颈项敏捷地抖落身上的雨滴。
就这样吧，内心里一个声音说
拿去我的杖，饮下我的血，不要
留在孤独和哀悼里
仿佛是一种劝慰，也许是警告
说不清楚，总之是
什么也没做，抽两颗烟
将一杯茶喝到没有味道，天
也就慢慢变得明亮起来，而那个声音
也遥远得像是没有发生过
然而正是在这静默中
一种新的期待在指引我
那尾随而来的，又试图吞噬我。

信心

就像巨兽生活在神话中，他在生活里
经常制造那种铁器划过碎瓷的声音
但这又有何益，既然连你们都赢了
他就想让失败干脆来得快一些
他活着似乎是为了急速奔向死亡
为了让死亡不再出现在生活里
而其他人活着只是活着那死

如今，他死了，并且充满生机
他的时钟，他的书籍，他那清空的
旧相册，还和活着时没什么两样
他和我们说着再见再见就再也没见
然而事实上有多少故旧新知都不过是
生见一面，死见一回

每一个优秀的魂灵离去
世上的光就会少一点点
当黑夜来临，便是我们与鬼魂同在的时刻
感谢他吧，他那么痛苦又倦怠
感谢他吧，他的爱无边给我们以信心。

大水

——乙未登岳阳楼记

当有人说起那些故事时我依然觉得
那只是别人的事，那不是我们
那些情意，那些雅集，那在楼上宴饮
在闺中作乐在大水中征伐的天才不是我们
那些故事早已结束，当我们说起某人的凯旋
某人的死，仿佛说起某颗恒星，某颗行星
那么恒定，又那么遥远
那美好的传奇拥有世间所有的光
但这光不是我们，到目前为止，我们
依然是无望的，曾有人专程到这楼上来
寻找光，这怎么可能？这浮华的楼阁只有雾霭
如同眼前这片大水：空蒙、迷离，千帆入暮
唯余风声过耳，揭示着历史，如长夜，没有尽头。

重获

街道安静。一阵接一阵
永不厌倦的秋雨
世界仿佛换了女主人

我听到两朵花在雨中
相互谦让：你先开吧
还是你先开

她穿着丝质睡袍
从向阳的窗口离开
没穿内衣

世界如此厚待我
如同将两个人的离愁
判给我一人

心微微一颤
我们在恨中所失去的
又在爱中重新获得

信任

没有什么比冬日的雾霾
为光秃秃的树枝所绘出的背景
更令人沮丧，有时你会想起
那以自我为背景的星空
所发出的微弱的光，那些光
也汇入虚无，成为雾霾的一部分
如今，诗歌是一座巨大的难民营
所附设的疯人院，在彼此所发出的
淡淡的光中，为自我加冕，乏善可陈
但荣誉已无法把我们从虚无中救出
大地踩上去软软的，雾霾自我们的肺部
生成，接下来该怎么办呢？你问自己
放弃乡愁吧，接下来交给疯子们去处理
就像信任一台街头的自动售货机
哗啦一下倾倒出属于你的硬币。

雾霾时代

窗外，雾霾倒立如海，火车站
像一艘静静的驳船
一枚干枯的浆果垂挂在树枝上
像不测的骰子在轮盘上旋转

室内偶尔的一阵明亮
那是积雪带来的短暂反光
寂静如林中鹿群竖耳倾听的一刻
一张记忆中的脸庞在窗外浮现

他们在雾霭重重中判了他的罪
用一群老人繁杂、糟烂的内心
他们用帝国合唱队的法律
让一个元音强有力地沉默下来

而现在，我也是沉默的一员了
仿佛一直都是如此，无论在哪里
我都是那虚无的、不存在的一部分
将脸埋在雾里，让沉默代替我说话。

生活在表面

阳光下的街巷像一幅黑白旧照
头顶着风帽的黑衣人慢慢驶过
他的自行车在阳光中偶尔闪亮
这陌生的祝福我已在窗内收到

我很欣慰这中年所带来的迟缓
朴素,安静如假日的自行车
有人用他全部的复杂性来劝慰我
而我现在只相信世界是简单的

一个党派曾要求将支部建在诗里
作为痛苦的小词,诗沉默地拒绝
他们还曾到我的诗里来寻找诗意
那怎么可能,我的诗里只有铁器

现在,他们又允许我们造人了
该如何感谢这无人性的恩赐
虽然这些年我们将性欲保存完好
但一半的生活已无能为力。

雾中读卡夫卡

整个冬季，浓雾像一只安静的笼子
扣在我头上，太阳脆弱如树上的霜
每一次悲刷都自动带来它的哀悼装置
毋庸我多言，我只需交出嘴巴
仍有一些冰闪烁在黏稠的空气里，像密伦娜的信
轻快的鸟儿如黑衣的邮递员在电线上骑行
在确认了轻微的屈辱后，我再次交出耳朵
郊区逐渐黯淡下来，地下像埋藏着一个巨大的
矿区在隆隆作响，我合上书，交上眼睛
并成功地说服自己，独自营造着一个困境
而现在，一只甲虫要求我对困境作出解释
就像一首诗在向我恳求着一个结尾
现在，我唯一的困境，就是找不到
一个确切的困境。

杀一个人需要什么理由

躺在地上的那个
蜷曲着身体，如果没有那缕
从她身下汩汩流淌的血迹
她和睡去没什么两样

如果丢掉手中的刀子
逃走，故事也许会变得不同
但他没有，而是呆立原地
看着刀子上的血和地上的汇在一起

小街上的店铺照常
开着，阳光照常照着，围拢的人群
散开，离去，一只苍蝇飞过来
很快又引来另一群苍蝇

瞬间的宁寂。仿佛世界
停滞，一只从天空飞过的麻雀
向下观望了一眼，一小团阴影
轻轻移过她的脸庞

谁的眼睛睁开在空气里……

缺失

他是这样想的：他老婆
怀孕了，他已经很久
没有做爱，他想让她
勾搭个姐来给他×，而她
也照着做了。这里好像
有点不对，但先不去管它
什么样的烂人都可能存在
第一次，没成功，第二次
她遇到了一个善良的姑娘
她让她送自己回家，一切
都很顺利，虽然那姑娘
有点犹豫，但好人做到底
至此，一切都按计划进行
从他给那姑娘喝了一罐
饮料开始，到那姑娘晕倒
在床，他开始有点拿不准
但毕竟姑娘已经倒下了
接下来就是把姑娘脱光
（注：此处需老婆协助）
然后，他发现，姑娘来
那个了……这是一次

意外，打乱了整个计划
他看着倒在床上的姑娘
善良，美丽，但逻辑
已指向最糟糕的结局
他又认真复盘了一下
整个过程，搞不清到底
在哪里缺失了
最重要的一环。

可怜见

没有孩子，我们还可以偷一个，买一个
没有灵魂，我们还可以租一个，借一个

没有房子，我们可以去抢，去要
没有敌人，我们就没有公共生活

凡攫取的，就给他吧
凡得到的，就给他更多

保罗说，我知道怎样处卑贱
也知道怎么处丰富，或饥饿

因攫取者，在为自己掘更深的墓
因得到者，才会有更大的不满足

以个人的名义

今天，太阳以感冒的名义请假
躲进了云里，风一吹，天空
便有了大海的气质

今天，月亮像一张黑人的脸
而雪花也只是作为雪花在落下
甲甲甲，乙乙乙

今天，我想以个人的名义，为世界
重新安排一种秩序，比如说
就让雪花甲等同于雪花乙

一个人不伟大，不被很多人
知道，没有被描述的存在感，这是
多么他妈的正常，就像

一片雪花，一千片雪花，漫天的雪花
共舞于一场暴风雪里……

无端

请原谅，请原谅，端着一杯
冒着热气的咖啡，我止不住想说
请原谅

他们的死与我无关，十二个农民
齐刷刷地躺在报馆门前的
雪地上

家是一个可怜的自治区
帕斯卡说，人类所有的不幸就在于
不能安分地待在家里

然而我依然对这无端的死亡感到抱歉
他们死于集体伸冤，死于集体
死于深渊

只是那些雪让我惊讶，那些雪
先是霰状，继而，像一阵
红雾

当时我就呵呵了

他们告诉我云有了新情况
他们告诉我雨有了新精神

他们告诉我的
当时我就呵呵了

在一个无神论的国度
到处都有神奇的东西

为了保持对远方的好印象
我决定最好哪儿也不去

作为一个深居简出的人
我只加了一只麻雀的微信

他们告诉我雨中的十字架着火了
他们告诉我死磕派律师前赴后继

唉，我只看到一只鸟在兴高采烈地
奔向自己的影子，一朵云在燃烧自己

我先睡了。只要一朵花还能适时地
开放，这个世界就还没有糟糕透顶

当春天的雾霾轻敲我的额头时
一种美学的念头已代替了仇恨

辑二

斩首之邀

斩首之邀

多年之后，我又重新回到工作中
每个人都需要一份工作，不是吗
就像每头牛都需要一副黄金的轭
工作是我们的牧场，家是另一座
透过四月的树冠，月亮静静照着
这喧嚣大城里的一处小小建筑
仿佛一个故事的开端向我发出邀约
有一天，当我回到自己的办公处
像一个出狱的人重新回到生活中
在楼下，遇见一辆警车，几个人
正将一具柔软的尸体抬下楼来
肯定有一段传奇在我外出的时候
在这如墓的方形建筑里发生了
一个声音说：你为何在门外徘徊
不肯进去？我重拾心情，迈进电梯
仿佛进入了这传奇的一部分。

在世界上

我在自己的国家，但不在世界上
就像在自己的国，但没有自己的家
因此这国也不属于我，它属于黑夜和过客
现在，人民就像一个自暴自弃的前夫
一根正能量的发条在催促历史往前走
天下最动听的音乐，曾是檐下滴水
以及那只蜂鸟所发出的美妙的嗡鸣
所有这些，都被这个世界忽略了——
这世上多的是错失和错爱
失落的空山，失落的鸟语
雾霾像流水一样进入呼吸
我于是确信：在人类的宴席上，我注定缺席
我能感受到那种野蛮的拒绝，在半个世界
和整个人类之间，我是裸身出走的那一个
我是，被人民小心摒除的那一个
我是一小撮儿。现在的问题
不是从哪里来，而是到哪里去
找不到可以喜悦的光，找不到抱头痛哭的人
而世界依旧是：模糊的记忆与前方
我只有撕开伤口，将自己缝进去。

关于一切

关于一切，我必须承认我并不清楚
我对一切都毫无把握
我唯有对自己的无知确信一二
有时太骄傲了，我会把自己等同于众人

我带着空，带着惶惑与羞愧来见你们
谢谢你们自大的预言、荒谬的答案
我爱这不明所以的自信满满
我爱这欠债不还的强大勇气

我不是被上帝拣选之人，我有罪
我不是被时代抛弃之人，我有罪
但我不知道该到哪里去寻找你
但我想从这个世界的中心逃离

我哭过但泪水还不足以注满心湖
我逃过但每一个边缘都是对中心的注目
此刻，作为一个孤独者，我需要做好
自己的本职工作，那就是加倍孤独。

煎熬

这些天，我觉得我没有生活在世界上
只是生活在人群里，准确说
我没有在生活，只是在空耗时光
时间作为一种易耗品
被我拿来大量的烹煮或煎炸
我的灵魂经常不和我在一起
现在和我同居的是：失眠、失眠
我想在没有生活的地方去生活
我想过一种没有人群的集体生活
但现在，我一直在一个光滑的平面上打滑
仿佛一切都是暂时的，唯有煎熬不是
当城市从失眠中苏醒过来
恢复喧嚣，天空像湖底，泥泞而苍白
昨日的工作被我成功地拖到了今天
不会觉得不安吗？不会的。
将一部分重负卸到梦里
一部分柔软留在枕头上
如今，我一身轻松，望着窗下——
坦克过街，燕子回巢
那些脚步轻松的快递员

哼着欢快的调子，进进出出
很难说什么有价值的东西被唤醒，甜蜜而肤浅
——总是一无所求者最热爱生活。

呜咽

这是被人生所宽限的一个季节
这是在长期劳作之后被溢出的时辰
这也是，狱吏们饮酒庆祝的时刻
如同被众门拒绝的乞丐
如同连众树都不愿伸出援手的鸟儿
我放下自己的卑微，向你祷告——
我看到窗外的大海在节节后退

露出了中世纪的海床
我看到众神去了，世界空了，没有了主人
通过观察时代的囚徒，我得出这样的结论：
所有以梦为马的人，最终都没能梦想成真
最艰难的时刻已经来过了——
这是我们就要丧失信心的一刻
这是由一声声呜咽所换来的果实
在这思想失焦的现场
只有那颗最朴素的星还在闪耀
只有最微弱的草叶还在闪光
一棵草的意志——善的伟大核心
如果你不给我眼睛，我就看不到。

不要对自己有信心

在去往大马士革的路上，我可能是最先掉队的人
在通往罗马城的大道上，每一个十字架都让我惊心
我对什么都不再有把握，尤其是对自己没信心
就像独自上岸的鱼，每一次呼吸里都有迷惘的风声
当有人用一袋黄金来换取我内心的秘密，我就要
坚持不住了，不是对黄金的渴望，而是对自己没信心
当我从一个宴席上退出来，想起一晚上对于人生的
信口开河，"你太骄傲了，知道吗，你太骄傲了！"
我听出来了——那正是我自己的声音
大地上最伟岸的身影，是大教堂的身影
当然，最谦卑的身影也是它的
我们只是一些在沙滩上修筑城堡的孩子
一切的劳作与欢愉，只为等待那致命的毁灭
"因上帝阻挡骄傲的人，赐恩给谦卑的人。"①
但如果你不给我眼睛，我就找不到你
如果你不给我信心，我就找不到自己
是你为我的才华糊上了一层窗户纸，在你面前
我感到我的灵魂矮下来——那情形，仿佛星空
被乌云拉低，一种摇篮般的寂静笼罩着
这寂静、朴素的心灵，值得我追慕一生。

---

① 彼前 5：5。

要省着用

昨夜，秋风率领一支涣散的队伍
撤回到渤海湾，一些公共的污秽
被扫进角落里，世界恢复了颜面
我看到一个女孩在巷口张开双臂
借助好心情，似乎就要飞起来
借由这短暂的美好图景，我似乎
也在逆光的阴影里，看到你
金色的斗篷结着霜——我们
活着，却如此贫乏，所衣所食
皆源自馈赠，这里没有钟声
只有时常拉响的警报
这世界分配给我们的仇恨
也越来越少了，要省着用，直到
那爱的粮仓里溢出金色的谷粒。

如此这般

我们在尘世，如此这般，写着我们的生
或死，写着人生的一些小确幸或小灾难
这些语言的花火，闪烁其词
而大地繁忙，为每一朵花安排花期
就像为少女们安排婚礼
星河流转，不为所动
野兽们在荒原或洞穴里生活
仿佛世界是它们的
雪山冷峻，偶尔为它们打开家门
我也在一间小小的斗室，在一盏
台灯下，写着，为世界安排着秩序
仿佛整个星空和大地都是我的
而天地不仁，以万物为刍狗
太阳收敛一天的光，星空
为渺小的人类打开圈栏。

早起，略感无力

在一片地狱般的场景里
我思考着窗外渐浓的雾霾
此时，一片树叶飞起来
我转而思考这片树叶

对于革命与诗的关系
我也只是略懂一二
但这既解决不了诗
也解决不了革命问题

然而仍要谢谢你在谈论道德的时候
没有和我谈起诗
道德如同含在嘴里的方糖
只是为了清新口气

我为你们指出……不
我为自己寻找道路
多么可爱的道路，流着自己的血
就像鲜花流着蜜

一首诗如此被我写下来，世界

发生什么了吗？什么也没有
除了一首诗被我写下来
这一事实本身。

咏叹

啊这完美的几个月，充满罪责的几个月
当我在这牢狱般的建筑里经历资本的历练
是你在用精神和肉体对我进行双重的安慰
你丰腴的肉体像宗教一样对付性欲这个魔鬼
你阴性的馒头绽开成一种人生的地裂
这即非世界的中心，恰是对中心的阐释
你是我舌尖上的女人，你是牡蛎中的牡蛎
当我用尽全力去品尝，仿佛回到了大海深处
在你金色的肉体和柔弱的毛发之上
我感到生命的巨石被我推上了山巅
多么完美，又多么悲惨，当它重新滚落
一个冷上帝在一旁看着我们
看着我们，却没有降下他的罪。

感慨系之

天空暗下来，落叶在迎候一场雪
我将自己像客人一样迎回家里
然后为自己倒上一杯茶，坐下来
我忽略这个熟悉的客人已经很久了
现在，我们真应该好好谈一谈——

当我们长久地分别之后
某种浮华的东西已嵌入我们之间
如同虚无深入雪山的内部
在那可获得的高度深处，更深处
是团结成灯芯般的虚无

在新的一年，你会重新爱上自己吗
上帝啊，我是否一直生活在错谬之中
每一刻都仿佛奇迹从中涌现的窄门
就像一个小女孩，嘴里含着棒棒糖
但父亲的表情已渐渐刻上我的面容

暂时没什么能打断写诗的乐趣
只要盐罐还静静地立在厨房里

我就还可以安静地写作
只是有些深情的东西正在死去
包括和绝望一样坚定的决心

光的来临，雪的来临

在黑暗里待久了
并不真的渴望光的来临
一个人是一点微暗的火
一堆人则构成一团黑暗
一切平铺直叙的真理，像暗夜
在塑造我们的眼睛
你必须重临那起点
才能理解这道自天而降的光——
啊光的来临，雪的来临[①]
当我说，希望雪不要落在
坏人的屋顶上——我错了，我忏悔
光的来临，雪的来临
请平均分配给每一个人——
好人，坏人，穷人，富人
请为每一间房屋，每一根烟囱
降下恩典
我们被创造出来，这生命之光
或黯淡，或明亮
让每一个属人的都得到眷顾

---

① 拟马克·斯特兰德《光的来临》。

让恶人发旺，义人牺牲

为富人的粮仓增高一米

为穷人的水缸舀一勺水

——这微弱的、暴力的

怜悯，光辉的神恩。

在错误当中没有正确的生活

在错误当中没有正确的生活……①
我们亦如是，正确地活在错误里
这到底有多荒诞，只有你我知道
但我们仍将如此，并且别无选择
该怎么办呢，你看那个伊萨卡的
特勒马科斯，当他杀掉围绕在母亲
身边的求婚者，他会被聊城法院
判处无期。若想在错误中正确地活
需要在生活里犯一些正确的错误
那旷野的智慧早已不再眷顾我们
星光已逝，我们更盲目，更昏昧
唯有借助微弱的仇恨，让一些词
撞向它死亡的中心，并试图吞下
这不祥的言辞，以便让生活与死亡
结盟，你才拥有了生而为人的尊严
但在此之前，我们还要在错误里
生活很长一段时间……

———————

① 阿多尔诺语。

关于得失，无所谓得失

入夏以来，就已经在这座
如墓的方形建筑里
居住了一年有余
关于当时想要的一切
早已放弃，只有一些额外的收获
让我还坚守在这里，比如你。
失眠之夜，披衣下床，站在
窗前，看外面树影幢幢
路灯照在水泥地上
灯杆像两个热情相拥的人
中间插着一把双刃剑
那亮着灯光的窗口，一个女孩
正起身，拉开卫生间的灯光
冲洗幸福的下体。

寂静的知识

入夜，我邀请酒神
一起坐在窗前
看一个幽冥的星空自霓虹中升起
并讨论着落日带来的思想
一晌欢爱后
起夜小便的声音
说明我们尚在人间
只是活在众人之中
与活在独一的世界里
有何不同？
想起在众人的谈笑中
萌生的那清澈不见底的思想
凭借展开的旗帜，我认出了风暴
可是，凭借什么寂静的知识
我能够认识你——
当你全无一丝征兆？
大地的棋盘上正杀伐四起
星空辽阔，让我无言以对。

孤零零的

你说你是人类的一部分，不不不，必须不是
你说你是一个平凡的姑娘，那就让
其他的姑娘都变得不平凡吧
我只要你是你，孤零零的
我只要世界都死去，但你活着
我有必要赞美一双布鞋吗
虽然它穿在你的脚上
我有必要亲吻这片土地吗
虽然你曾轻轻践踏过它
有必要，有必要
一个声音如鲜花般涌向我的耳朵
还有必要以你的死去换取双份的活
我不停地找，不停地找
才在找的过程中得到一些意外的东西
如人生的废矿中淘得的玉，孤零零的
如大笑的海滩上一只啤酒瓶在哭泣

倒悬

天空中一列倒悬的地铁
载着一群上班的天使在疾驰
我感觉我的城市已空无一人
夏季的空调在窗外独自哭泣
一只快乐的苍蝇飞来找不痛快
死亡在吻花朵的嘴
为暴雪一样的盛夏做人工呼吸
知了在用痛苦的美声歌唱
仙人掌们开始带头鼓起掌来
唉时光的遗孀，时光的鸟兽虫鱼
难以遏止的渴，难以下咽的沙漠
通过我的喉，我的胃，变成了蜜
我这么说，是要教你如何活
并非教亡人们如何去死
你要活过很多次，才算真正的活
当然，死也是一样
我的爱好无非是吃鱼、种花、无逻辑
为了让精神变得明晰一点
我决定再睡一会儿
闭上眼，让盲目成为新生活的一部分
如一头雄性牦牛率领着它的众妻

走着走着，我将自己的国丢了
走向了全人类
走着走着，我将自己的家丢了
走向了陌生人

这火热的生活依然无法将我煮沸

这火热的生活依然无法将我煮沸
像一个灰心的人抱冰而眠

她的体温虽然略高我一度
这爱情的病人却需要我来输血

每当我想要变得更好时
总有一种堕落的意志将我拖离

——你的问题就是诸事太过正确
——哦，对不起，我错了

让我们去做坏人吧
酒醒之后，愿我们都忍住哭泣

非我

能在这喧嚣的大城拥有一间斗室
足以安放下这具肉身，似乎就够了
冲完澡后，裸身躺在床上
让体毛在窗外吹来的风中微微抖动
暂时放弃思想，以便投身到
一种非我的实践中去
此时，整个世界的中心是：下雨了
这无调性的雨，将陪我一整夜
空气里充满咸菜的味道
下晚班的姑娘们，手里提着一小袋
塑料便当——她们的未来在哪里？
快来人把她们娶走吧
两个人相互折磨的生活，总比
这一成不变的生活更有希望
很奇怪，在放弃思考的一段时间里
我似乎度过了真实的一生
像一头兽，在一种彻底的遗忘里
回到了真实的洞穴……

开端与结尾

他一直在筹划着，尽快结束
眼下的工作，以便开始另一种生活
—— 一种他梦寐以求的生活
但新的开端一直没来，因为
生活从来就没有一个真正的结尾
一转眼，两年过去了
再一转眼，五年又过去了
当穿起去年的衣服，读着
旧年的诗作，似乎就在昨天
中间是被折叠的岁月，仿佛
时光并未在时光中变老
但一种岁月的灰烬分明已在
这个男人的额头上生成了
如此新鲜的皱纹，又仿佛是旧的
我们在时间里什么也没有得到
我们被两手空空地送到了中年
仿佛漫长的时光，只为诠释人生的短暂
考虑到雄心被时光消磨掉是多么奇特
像一片树叶被风吹起来，又轻轻落在
一个安静的角落。

我为什么屡次提到死亡

黎明的光照让荒野燃起了金黄的火焰
虫蚁们躲在洞穴里，众树披着霜雪的盔甲
当它们抖落身上的重负，汇入这金色的合唱
在这赤裸的大地，在这庄严的秩序下
让我们来清算一下自己的生命——
我看到我的前半生已足够丰满
我不知道我的生命在何时结束
我看到过人生中最明亮的时刻
也有过泥泞、晦暗如一场痛苦的雪
我屡次提到死亡，因为我们确切无疑地
拥有自己的死，死即是生
夏天属于少女们的裙子
冬天属于老人们的密室政治
死亡是一道寂静的褶子
让我们从人性的幽暗地带安全逃离
当人生的罪责接近圆满时，我们还可以
把死亡当作礼物接受下来
总算有一个终点在等着收割我们
让我们一生的债务能够清偿
我从来不曾欠钱不还，我在这人间
唯一的债务，就是我曾经爱过你

先知的下落

先知的下落

他们说雾霾太重了，虚无笼罩了一切
他们说旷野里的道路已被荒草遮掩
这时，一束枯竭的光穿透栅栏
映照在一丛垂头丧气的荆棘之上
微暗的光中浮现出同伴浅灰的脸
——这颓败、疲倦的人间啊
悲哀已经变旧，死亡也不再新鲜
那属人的形象哪里去了？
那提着灯、拄着杖、通过一阵
越界的风送来教诲的先知哪去了？
黑暗使一切都具有了虚无的深度
此刻，一颗伟大的启明星升起在
旷野之上——这就是先知的下落了
他将自己的影子斜插在大地之上
洁白的骨骼就像一头猛犸象。

"自从我们已在对话之中……"

自从我们已在对话之中……

                  ——荷尔德林

窗外，浓雾变成了大海的基础
我们共赴的基础
整个华北沉沦在一小瓶酱缸里
只有一个词在浓雾中雪片一样闪亮：绝望
一小撮思想在阴影里不安地成长
那些喋喋不休的墙，组成了偏执的共同体
当天空沉默时，众星无言以对
我将开口，同时感到空虚……
现在，该如何讲述我们的绝望？
每个人的希望冲刷着我的信心
我像沙滩上的鱼一样望着大海
况且，还有那么多希望陪着它
但都不爱它。唯有死亡爱我们
不能急，要保持匀速死亡的节奏
现在需要考虑：浓雾是如何瓦解的
世界能否在果壳里重生
与我们同呼吸、共命运的又是谁？
"自从我们已在对话之中……"

必须与我们所挑选的对手一同生存
同时还要感激这特殊的友谊
像月亮一样，去肯定它的另一面。[①]

[①] "像月亮一样，生命肯定有一直背向我们的一面。"（里尔
克 1923 年 1 月 6 日信）。

不死

如果爱是一种狂热的拥有，那么，放弃爱；
如果恨是一种黑暗的反刍，那么，放弃恨；
如果活只是在与时光搏斗，那么，放弃活；
如果死只是对活的一种否定，那么，不死。

当有人转身消失在浓雾中……

当浓雾在平原上生成时，我们还年幼
我们彼此互害、互爱，组成奇异的家族
　　毁无神论的历史始终朝向眼泪和目的
所有的不测来自我们自身的复杂性
当有人转身消失在浓雾中，大雾像海水
将我们隔绝成一个个单独的人
我们将孤独地穿过街巷，奔赴前程
树叶不偏不倚，落在我们每个人的头上。

悲苦与无告

我赶去精神病院看她时
严冬刚刚过去，巴旦杏
开在一片积雪的林地里
她躺在病床上，一言不发
仿佛精神已滑落至肉体的边缘
直到我要离开，才发出一声长啸
啸声激越刺耳，病友们侧耳倾听
我的小姑姑，眼里常含半融的冰
生活像一个罐子，已被悲哀注满
仿佛稍微一晃荡，就会流溢出来
一旦被损毁的生活变得无望
就不能用温柔的东西去触碰
也无法为她的悲苦里加点糖
只有哭出声来，短暂的泪水
才能将悲苦的生活冲淡——
有人曾看到她在村庙前伏身痛哭
那是她跟各路神仙做完告解之后。

节日

当北风押着空中的船队驶向远方
帝国的旗帜依然飘荡在每一家的门前
那最后的肖像高悬，易朽与不朽的事物混在一起
从未绽放过的青春，嫁接在中年的身躯上
一场俗世欢宴，虚无而饱满

那是麦子成熟的季节，空气里有风暴的迹象
我在中学的教室里学政治，流鼻血
革命崩散了，青春被碾轧，那魔幻的一天。
卡夫卡的一天。世界打了一个喷嚏，
而我有所不知。

风暴前

植物放弃了生长，星星拉近了彼此的距离
灯光在夜里偶一闪亮，昆虫们屏住了呼吸
—— 一场风暴就要来临，但在这之前
将是长时间的静寂。

这是需要现身的时刻，也是墙头草表明立场的时
刻
坏消息已数次发生，期待中的风暴却迟迟未到
置身于风暴前的山河，面对满大街的耻辱和荣耀
你要做出决定——你选哪一个？

选择荣耀的人留在了街头，选择耻辱的回到家里
当我们终于懂得耻辱时，我们才触摸到人的形象
当荣耀留在街头时，荣耀不是增多了，而是
减少了——所有的荣耀终归于那一个。

确证

一个人离去，我们向他的遗体
三鞠躬，再鞠躬，他于是变作
一个恶作剧，像投向我们的纸飞机
斜斜飞过屋顶上空的一缕白烟
大地上的一座坟茔——留下空
那种空，就像候鸟的巢
我们知道他来过，在过
那么，他到底去了哪里？
他的名字被渐渐遗忘，踪迹
被取消——虽然死者深爱我们
但我们并不真的希望再见到他
大家谈论着他的死
谈论着他刚买到的新房
那本来是为未来准备的
现在，不需要了
生者多么奢侈，死者多么安宁
人啊，确乎是一种存在
在大地上，在星空下
却又无法自我确证
无法洗清自身的罪

但愿我们的灵魂飞升

但愿星空能够接纳

这些卑贱的客人……

馈赠

如同白雪所馈赠的白
如同乌云所馈赠的黑
如同镜子馈赠的笑脸
鲜花馈赠的吻
国王馈赠的金锁链
在一帮自由民中传递

他们在远方的酒席上朗诵

他们在远方的酒席上朗诵我的诗作
我枯坐室内，将心灵的天线拉长
像一只老蜘蛛
在等待天使们扑向我的网
第一次感觉自己会飞
第一次感觉拥有了一张独立的网
我听着那些熟悉的作品
如同与自己的肖像
相逢在某个昏暗的房间

唯有旷野是我的归宿

连日来，我已失重，写虚无缥缈的诗
做人间最繁琐的事，全无道理
当一只麻雀站在黎明的窗台上为我鸣唱
我知道，是该做出些决定了——
在这崭新的世界上，唯愿我的心灵
依然是旧的，在这光鲜的城市里
请保留我乡村般的褴褛——
在这昂贵的土地上，我宁愿没有
立锥之地，然后只身走进旷野里。

一本落伍的诗集

一本落伍的诗集，被时代遗弃
不再被阅读，不再在视野之内
亦不再开口品评任何人与事
只是沉默地退回到书架上
封面闭合着，如同缄默之唇
众书斜睨着它，如此落寞
但在它的缄默里，却满含着

精神、元素与时间之蜜
如一块驻留在激流里的卵石
不再往前移动，时间亦为之静止
生命的秘密被水草覆盖
词语如游鱼飞驰而过

技艺

现在，他在技艺上的一切努力
都指向一种虚无
仿佛虚无也是一种真实的技艺
他希望他写下的每一个句子里
都带着深度、体温和心跳
像凛冽的雪山在白云里
却无法为现实的风声增添音符
一个声音曾劝慰他：不要再写
人间的诗，去写天上的诗吧
如果没有一种伟大的语言预设
倒不如沉默不言，去倾听宇宙的心跳
现在，借助于一种虚无的思想
人终于可以飞了，像一片羽毛
星空却越来越昏暗，而人们
更傲慢，更盲目……
再没有一种义无反顾的精神
奔赴死亡，死期被一拖再拖
现在，他的诗里越来越没有
人的气息，没有色彩，没有欢愉
像一截干枯的杖立在旷野，寂然不动

死亡也拿他没办法——大家

排成一排，目送他的消失

一些词破窗而入，送来他的教谕。

谢幕

一代人已经开始谢幕，陆续消失
老人们最后一次拥抱，艰难地告别——
而他已在旷野中行走很久，像一个
丧失身份的人，此时，称之为人，已显多余
他已走出了这个世界，大地为他延展着舞台
他走了，名字从我们中间消失
只留给大地一个背影——他去了哪里？
我看到花朵飘上了天空
和巨石、云朵结成高空的邻居
我看到一切纯洁的事物都随天使一起
飞了起来——大地上只剩下一群老人
在做着长久的、长久的告别……

这是一个什么样的时刻

这是一个爱与恨一起复活的时刻

这是一个晨曦与日落共时的时辰

这是你和爱人收拾行囊重返故乡的时刻

这是燕子回巢，而鹰隼在暮色中久久盘旋的时刻

这是玫瑰被暴力摧毁，而万物如春天般重临的时刻

这是，啊，这是一个一切都坠入时间的底部

而上升的一切如创世记般光辉重临的时刻

在这迷人的、悲欣交集的时刻，你怎可缺席

在这密集的人群里，你怎能越走越空旷

难道只有在离开众人时才感到安全?

时代的噪音已化作钟声在我们内部鸣响

一个新的起点已从失败中生成，我们要等待的

未知，要去往的应许之地，要成为的新人

已经临近了，就在这严重的时刻……

这世界正如他想象

风来了，树林一片紧张
雨来了，鸟群一阵慌乱
他掀开厚重的窗帘
向外查看天气
哦，这世界正如他想象——

他返身将吹乱的书页合上
仿佛生者将死者轻轻扶起
此刻，他想说出，却觉得
唯有沉默才能说得更多
此刻他开始哭，声音很低
以便让整个世界都听到……

悬崖

她以她勇敢的死，赠送给我们一座生的悬崖
到目前为止，我们对悬崖仍是一无所知
每一个跳下去的人，不见得比我们更不幸
或更幸运，至今还没有一个自悬崖而返的人
她和我们的不同之处仅仅在于，她跳下去了
而我们没有——我们在岸上激辩着她的死
是不是值得，或有没有意义
这既不能为悬崖增添什么，也不会减少什么
在生者面前，一座死的悬崖扑面而来
那是生的缺席，一个空白。

最后一天了，最后一首

最后一天了，最后一首
时间被一只老钟表耽误了几秒
让我在这最后的时刻说几句话

最后一天了，最后一首
房顶上堆积着雾霾的立方体
雾中闪烁着化学刺目的光芒

最后一天了，最后一首
笔像一根烧红的铁，一头扎进墨水里
石头像镜面，照见我一年木讷的面孔

最后一天了，最后一首
总算没有从失败中领受太多幸福的幻觉
我担心自己因过于成熟而迈入腐朽

最后一天了，最后一首
总而言之，我恨你啊，我爱你
月光昏聩，带着几重风的晕轮

请问

丛林的法则是否又经过了修订?
为何我感觉脚下的土地一沉再沉?

现在,我们到底活在地狱的第几层?
为何所有的光明只存在盲人的眼里?

哦我们依然在天堂,好吧,在天堂
为何连雪花也加入了坏人的队列?

在这漫天大雪所营造的物候里
为何其中的一些雪花是红色的?

那盲人的嘴角竟然露出了笑意
——他到底看到了什么真相?

仇恨也在参与塑造这些刁民
贫穷为他们积攒了仇恨的本钱

那么仇恨是否正将我们从这个世界扭离
为何当我归来,流氓的队伍已集结完毕?

我们何时练就了一种能力——不满意
却也能高高兴兴地将苦日子过到底?

当天空空等的大雪……

——仿慕佐

当天空空等的大雪终于降临
这大雪使我想起一个人来——
那是在北方山区的某个小镇
一家破敝旅馆的顶层平台
一间小小的卧室，可以看得见
风景的房间，一桌一椅，清晨
或正午，阳光透过小窗，落在
香烟和茶上。要等的人正在
归来的途中，要写的诗也已写完
他拿起诗稿，坐在床边默想
时而看看窗外积满冬雪的山间
如此孤寂，仿佛世间已无人可见
你们谈论的博学，对他一无所用
就那么快乐地等着，一首诗或一个人
如同狼獾留在雪地上的足迹。

沉睡

我至今在沉睡
在没有人叫醒我之前
这是我必须背负的命运
当我清醒地意识到这一点
就像我骄傲地认识到我的卑贱
我荣耀地领受我的罪

我至今在沉睡
正午像安静的小诊所
阳光盛放在一只杯子里
我沉睡，在人类巨大的矿坑里
总是当我开怀大笑时最为悲伤
当我沉默不语时说得最多

我至今在沉睡
一些人走得像盏灯
一些人走得像盘棋
人生何其短促，日子计算着我们
我看到去世多日的老邻居
邮箱里塞着一封远方来信

我至今在沉睡

就像一团火，因缺少热情

而陷入自身的黑暗里

落日的余晖隐没在旷野

是什么在远方闪耀啊

命运这无知的巨轮

厌世者说

他说，世界还是安静些好
大家沉默着各做各事
只有在做爱时才发出
那么一点欢叫或叹息

他说，人生最美妙的时刻
就是当你翻身下来，闭上眼睛
享受着刚从爱人的体内抽出后的
那份虚无和宁静

他说，自由有那么重要吗
我们得到的自由，就如同
一只苍蝇遇到了一块玻璃
自由如此崭新，自由如此吓人

他说，死神爱我们每一个人
我们都处在不安的等待中
等待夜晚恐惧的敲门声
或等待太阳再次升起

他说，想象自己

不复存在于这个明亮的世界
会是个什么样子，趁自己
还活着，好好想一想吧

他说这些的时候
像一个濒死的人在轻轻道别
——怎么办呢，如果不得不
和这些疯狂的人类做邻居

坟族

车窗外，孤坟一闪
我看到，她站在坟前哭泣
面对一堆黄土和荒草
犹如面对一只蝉蜕的惶恐
如果他还在里面
也已是面目全非
他还记得她吗？
唉，这阴阳两隔的爱
我们都会来到这里
不是吗？若干年后
我们都会在这里相聚
你相信吗
大地沉默而大度
迎接又一个亲密的家族

时间过完了

老张走了。一种自决。
很抱歉久未探望，人生艰难
我似乎总在说着抱歉啊抱歉
为每一件事，向这个世界说对不起
也许是悲哀的天性太过强烈
总要尝试着在生活里找点乐子
才能巧妙地将人生过到底
老张从未担心过自己的晚年，因为
他坚信自己没有一个真正的晚年
人是唯一可以自决的动物，了不起
活着，无非是日复一日地
看着自己的死，被时间丈量
关于死亡，关于老张的一切
关于老张与这世界的关系，以及
这世界对于老张的意义，也就这些了
时间过完了。这就是事实的全部。
片羽不留。仿佛落雪无名，统称为
一场雪。

诗与生活

头顶上星空的棋盘刚布好局
脚下是日夜流淌的伊犁河
酒局刚散，我们讨论着严酷的现实
和不可能的未来，似乎已无路
可走，但生活又在一年年过下去
这样就挺好，虽然很无奈
毕竟还有诗，将我们带进虚无里
他说他因忙于生计而无法进入诗
我不同，我因长时间生活在诗里
以至于无法进入生活——这是
我们的不同，但也难说谁对谁错
也许正是那不是诗的唤起了爱
那不是爱的填充了生活……
我们沉默着，月光洒满伊犁河。

预感

我听到马厩里传来不安的踢踏声
沿着大地的脉搏鼓动我黑暗的耳膜
我闻到空气里充满了烈焰的味道
难道是那盗火者引燃了整个大海
我看到一颗子弹在陪一只鹰飞翔
一左一右，为它划出自由的边界
我感到一些奇迹就要在旷野生成
垂暮的使者将一袋礼物交给青年
那时星空尚未点亮，大地还有几盏灯火
凝视历史的人正将一个未来扛在肩上。

惊梦

一根绳索，自上而下
慢慢落进了你的脖子

鸟群呼啦一下子飞散了
一种不被信任的感觉顿生

好好活着吧，争取活到死
世上的哭声总大过了笑声

我们现在最需要的是什么
我们现在最需要时间浪费

一切，都还在建设中……

我看到太阳西沉，摇摇欲坠
一个时代的黄昏正在临近
黑夜的暗喻随处可见
夜鸟的歌声
在哀悼这又聋又哑的世界
而那持守者的精神
依然深陷在清晨的蓝光里……
一切信心，都有待摧毁
真理总在无人的时刻降临
你教我们
要像一滩污泥一样
软弱无力，啊满脸羞辱的污泥
正酝酿一种动荡不安的心灵结构
你教我们
到一切真实的关系中去实现爱
爱上帝，并非一劳永逸的爱
一切，都还在建设中……

浅埋

穿过凛冽的夏日里松软的草径
从融化着积雪的绿色山谷里出来
我们仿佛坠入了爱情短暂的天堂
你异域的裙子展开如一朵天山的云
远处,一匹马冲下山坡,和它的
年轻骑手一起,成为自由的
一部分,霞光万丈的一部分
我们的思想所塑造的那个世界
我们的伦理所营建的那个人间
此刻,都被你欢快的歌声推翻了
我想让这美岁月将我浅埋如积雪
我想用一坛伊犁烧酒洗净我的心
那美风景一直晃荡在我的身体里
至今未得消化,它命令我哭,它
命令我笑——你啊你曾是我的神。

夜的光辉

那是我坐绿皮车去为一位诗人送行
赶回来时已是夜深
小镇安睡在华北平原上
如一枚蛋孵在上帝的腋窝
万有在夜空中化为诸神的气象
大气稀薄如一层膜
猎户座高悬在头顶
腰带三星如安静的药丸
夜的光辉如黑暗所剩余的部分
收敛起大地上所有溃散的光
深沉的睡眠让人间变得这般寂静
一只兽迅疾的身影在街角一闪
万籁俱寂中，我仿佛听到死者
在跟维特根斯坦轻声耳语：
让我们做人——清晰，沉闷
如同静夜里一声蓝鲸的咳嗽。

罪人

我们不会从世上获得什么——除了食物
和爱，当然也不会失去什么——除了时间
和爱。我们都在走向同一个归途，有些人
快些，有些人故意放慢脚步——这都
无关紧要，要紧的是，我们在走
既没有获得，也无从失去——从宇宙
浩瀚的一角，露出一双眼睛
既无诅咒，也无怜悯地
看着，这群罪人
走在流放的途中……

泪水作为可燃物

一台切割机在拼命地切割石头
那种拼命的劲头让人心生绝望

一颗黑太阳终于成为天空的核心
像被狂热的思想系牢的人头

而那个开怀大笑的夏天啊
已一去不复返，那死亡的青春期

有一种枯竭已经发生了
像那瓶中玫瑰

在当前的寒冷中，只有眼泪可作为
可燃物，虽然不富裕，但也够用了

在没有新的救主到来之前
我们只能退回到眼泪里

听那雪花飘落的声音就像在哭泣！
冬天来了，我们的仇恨也该成年了！

死循环

为了赢回爱情，我们赔上了时间
为了赢回时间，我们赌上了自由
为了赎回自由，我们押上了自我
我们终于自由了，在单身牢房里。

盲

这是雾霭沉重的郊区，荒无人迹
整个郊区看不到一张生动的脸庞
世界寂静得让人起疑心
此时，我听到有人在叫我的名字
声音很小，像是发自我的声腔
像是一只死鸟在我的嘴里歌唱
有些荣耀需要通过卑微来彰显
就像通过野花、细雨和鸟鸣
我认出了自己的影子和轮廓
到现在为止，我仍然是无知的
像一个盲人，双手探向前方
阳光昏昧，照耀着我的慢动作。

欢乐的葬礼

大家嬉笑着，为一个好人张罗葬礼
送葬人的诵经声悦耳而慈悲
老邻居随旧岁月失踪了，没了音讯
植物们步入残年
听那老鸟的咕咕声，仍似童年光景
这人世啊，多像一场雪，初始洁白
如童话，继而污浊，带着痛苦的回头
你是否还能在这虚白、轻盈的韵律中
如履平地？人生诸般苦况
拥抱着你的诗，久久不愿分离
暮色如海水一样淹没了你的脖子

爱希腊

请原谅我像雪一样来过又离去
留下一滩无法辨认的污迹
请原谅我打扰过你们清晨的梦
我看到你们在窗外、在林中、在阳光下
拥抱，做爱，沉醉并哭泣
我也想成为你们中的一员，但我是易朽的
我也想尽量变得乐观一些，但不起作用
我过着属兽的生活，用利爪换取食物
他们运送我的灵魂去出售：但不值钱
在这必死无疑的世界上，死是一种荣耀
我们必须死得有理有据
请赐我狄俄尼索斯的杯盏，这痛苦的礼物
在将我变成一朵白云之前
请将我从石头里融化开。

无法拒绝的客人

今夜，我听到外面一两声犬吠
风上楼的声音很轻，如同鬼魂
今夜，你是我无法拒绝的客人
如同月亮邀来一个阴影与它对饮
恐惧是你馈赠给我的贵重礼物
我不会嫌弃，在大地的满副疮痍里
要有多温顺，才能和你们搞好关系
我们都是活生生的死者，濒死者或
延迟的死者，是约伯在用他的天平
称量着这一切，而不是我和你。

做一个大地上清洁的穷人有多难

整个夜晚，他都在一种
耳鸣所创造的宁静里潜行
像是一个婚姻里的生还者
他庆幸没将性命丢在上半夜
当她在睡梦中转身，臀部朝上
像鲜艳的果实在欢快地迎接鸟喙
他俯身，将鹬鸟的喙插进水中
像是突然被某个东西咬了一下
插入，成为一种失忆般的死亡仪式
下半夜，月亮又像个罪犯一样
重回现场，星辰啊那涣散的光芒
像长满雀斑的少女，在他梦中游弋
在通往死亡酒馆的路上，到底有几个
少女在等待，谁会在你的生命里驻留
一个不存在的人如何找到自己的影子
做一个大地上清洁的穷人有多难……
啊，感谢睡眠在黎明前到来，借着最初的
朝霞，天空与大地再次吻在一起。

诗，这字斟句酌的艺术

诗，这字斟句酌的艺术[①]
像一张因痛苦而紧绷的脸
那被黑夜所装饰的面孔啊
因长期待在一种紧张关系里
被孤立，被缠绕
变得眩晕、失重而坠入歧途
如何面对自我的犹疑
很多时候，质疑都是在内心
奏响的巨大轰鸣
针对当前的臃余，有必要
重回从容、友爱与澄明
写出你的坚信之物，让事物
回到它情感的基础，让大地
在脚下再次变得坚实起来
——想起在那最贫困的年月
　　即使遭遇最难过的事情
　　母亲也会生起炉火
　　为孩子们准备早餐

---

① 王家新《重写一首旧诗》："重写一首旧诗 / 这不仅仅是那
　种字斟句酌的艺术"。

哀悼与对话（节选）

围在我身边的人们终于散去了
谢谢你们，医生、警察、刽子手、陌生人
谢谢这个被仇恨煮沸了的夏季
姑娘，我看到你眼中的泪水了，谢谢你
孩子，我看到你脸上的笑容了，谢谢你
先生，我知道你会写诗赞颂我
我也知道你写不好——因为你天生的喉咙
但我会原谅你们，如同原谅我所有的敌人
死亡本身并没什么，我终于以一死洗净耻辱
那耻辱便是曾经的软弱和恐惧
终于和无数死者的肖像相逢在这闷热的夏季
仿佛三十年前，我用一种口吃的哲学
将一个帝国的黄昏搅得神经错乱
终于走到终点了，就要迎来新生的时刻
黎明的真理还在少女们身上沉睡
伟大的爱情已随死神降临
我仿佛听到一阵激动的钟声——
谁这么不淡定？大教堂在雨中静立
请守住你们内心的那一点点羞愧吧
它比仇恨和自由更重要
你们还没学会悲哀如同喜悦，宽恕如同自由

请尝试用一种崭新的语言去生活吧

这个世界必须美好下去

请不要从我的身上辨认大海

请不要为我建造一座海洋的监狱

听说他们已将大海倒空了，为我挖掘最大的墓穴

我必须要告辞了，虽然大地上有我最喜爱的牢狱

大海啊，自由的元素，请接纳一个罪人——

辑四

奏鸣

空

房间如此安静，阅读如此平静
当故事中的主角偷偷离开了
那本书，来到一个读者面前
作为独立的一部分，完美的
一部分，仿佛被爱的是我而
不是她。现在，我依然能听到
她在那个夏夜的笑声，那笑声
构成了寂静而贞洁的一部分
那天，她就坐在我对面的椅子上
上身穿着一件松松垮垮的背心
下身穿着内裤，脚踩在椅子上
仿佛那张椅子也成了她的摇篮
而她那无邪的笑也使她变成了婴儿
以至于当她的双乳从背心的两侧
滑脱出来，没有一点色情的感觉
那是最后一次她离开作者的叙述
当她不在，一种空取代了她的位置。

叫

雨落在阳光房的玻璃顶上
像一种轻柔而悲悯的呼吸
你躺在微凉的大床上，想象这
新一天的开端，没什么要紧的事做
没有要见的人和要说的话
世界仿佛只存在于滴答的雨声中
除此之外，没有别的声音，仿佛根本
就没有人存在——你使一个房间变空
使自己变得不存在，而此时，你试着
轻轻叫了自己一声……

他一天就做这一件事情

村口的木匠在打磨一副犍牛的轭
柞木的硬痂，一个完美的弧度
他一整天就在做这一件事情

他的小女儿，美茜，拎着竹篮
去邻村买来一块豆腐，准备午餐
她一整天也只干了这一件事情

他们不着急，因为还有相似的
第二天，第三天……在等着
他们的生活清澈见底。

幕

黄昏后，雨开始下。
世界被昏暗统治着
只有街灯下的小巷闪着光
和一些明暗闪烁的店招
此时，若出去喝一杯
总胜过一个人坐在灯下出神
夜雨是上帝铺设的婚床
幽深的独居者难以滋生爱意
开门，一阵雨意突然溅入语言
在一些词上洇湿、晕染、扩散
忧伤再次降临，仿佛这雨只为
这几个街区而降
世界之幕将我轻轻围困
于是关门，开灯，退回到台灯之下
一个人回到这片巨大的宁静之幕中
听雨水落在句子里，一份
不请自来的恩赐。

只有平庸的生活在闪光

白天，凭借一身力气
在田里耕作，等待植物慢慢生长
夜晚，拉过身边的女人
在星空之下，行男女之事
然后酣然睡去，虫鸣唧唧
抱冰度夏，在一种厌世的风格里
时光如此，周而复始，周而
复始，如盲人行在
盲道之上，无所作为
亦无所损耗
尘归尘，土归土
光荣与伟大都付诸历史
只有平庸的生活在闪光

最美

晨光中起舞的女孩真美
夕阳下飘飞的落叶真美
被北风擦亮的星星就更美了
最美是你惊异的双眼绽出的笑意

有多少美丽的花朵都长出了刺
有多少善良的人长出了指甲
最伟大的河流发源于沙漠里
最美丽的少女出生在穷人家

爱她时，如激动的鳄鱼在吞食麋鹿
恨她时，整个天空都为她设立了禁飞区
你啊，你是多么美，甚至还多了一点
因坏心思而激发的情欲

复杂性

她站在浑浊的空气里
令复杂的变得单纯
仿佛通过某物
爱上了不导电的身体
不知道我的哪一首诗
曾激发了她的情欲
而我写得如此悲哀
即便是欢愉
也浸泡在人世的绝望里
在她眼中
爱依然是最基本的词汇
我听见一个少女的体液
也在她的体内汩汩流淌
仿佛众神的瓦罐
在向人世倾倒一种蜜
爱总是被欲望引领着
笔直地冲向盲目之地
在复杂性与单线条之间
她能够承受那种复杂
以单线条的精神。

松动

我至今犹记，你少女时代，羞涩
迷惘中带有几分坏孩子的脾气
多年不见，你已从当年的波澜中平复
谈起各自的生活，该怎么来形容？
总的来说，令人心碎，并且荒诞
厨房如大海，枕畔的鼾声渐如沉船
熟悉如老家具，如一只宠物狗的呼吸
你也曾为生活准备了一些破绽，以便
让自由透口气，但一切都已来不及
旧日子虽已松动，如摇摇欲坠的廊柱
似乎稍一用力，一切都会坍塌下来
——但世界从不缺少错失与错爱
生活偶有温情，也只是假装的高潮
给对方带来安慰。人本身即是荒诞
带着他全部的盲目，带着他罪人的
属性，试图去为自身赢得一个未来。

感谢每一个如愿醒来的早晨

失眠，整夜像骑着一个大海
温柔的波浪轻抚着下体
早晨醒来，阳光已穿透窗帘
感谢，又是美好的一天——
我感觉体内的力量又回来了
像一个从沉船归来的船长
再一次搬过你的身体
光裸着，还是昨夜的模样
内衣堆放在橡木地板上……

老唐璜

他从另一个酒局赶来，我们的聚会
已进行到一半，他似乎永远都在
用一半弥补另一半，看似完整的一生
却布满了各种裂痕
这一生，他奔波于一个女人
和另一个女人的床
却没有一个女人
愿意跟他将苦日子过到底
他说我们就要离开这个世界了
如果再不去享用这些少女的乳房
这些成熟的热带果实
恐怕就要来不及了
这有什么罪过吗？如果上帝不允许我们
享用，又为何将它们造得如此完美？
如果她们不允许我们享用
又为何在我们面前花枝招展？
他说得对，在被重锤锻打的
混蛋现实和完美堕落的少女们之间
选那最柔软的果实去摘取
这没什么不对，毕竟人生苦短
那天，我们喝完地道的黑啤出来

大街安静如一片覆雪的墓地
人群如幽魂，让人窒息
他掏出烟来，分给我一支
点上，我们的呼吸顿如几年前
一般顺畅。

恩情

她打开来，让我看她毛茸茸的地方
那里是天堂，一道狭窄的光涌出
多么古老，又如此新鲜，太多
生的秘密和死的奥妙蕴含其中
但诱惑又是如此直接
让我们迫不及待地投身其中
有时我异常感激这几英寸的插入
该有多大的信任和恩情
才有这样的打开和容纳
是的该有的欢娱我们都曾得到
但伟大的恩情一直在这欢娱之上。

暗光

爱依然是新鲜的，像藏在蚌壳里的肉
只是身体已不再年轻，有些细节
甚至变得臃余
在他们褪去衣衫之前，会将灯光
稍稍调暗，以防那岁月的磨损
打击了彼此的信心——
正是在这暗光中，他们找回了各自爱的摇篮。

奇迹

这么多年过去了，当左手牵起右手时
我们还是会常想起最初相识、相恋时的
情景，如果没能进入同一所学校，没有
某一件小事发生，没有某一个人出现
又或者没有在那个四月的黄昏
出去喝一杯，而那个黄昏的天气恰又是
那么温煦，也许就不会有接下来的二十年
想想，真是个奇迹，一次次偶然
造就了一种必然性。一边感叹着
忽又想起，如果在某次争吵之后就分开
如果没有那些眼泪和原宥，又会是怎样的
现实和未来？爱是一种时断时续的音乐
持续响在两个偶然的点之间，但这样就很好
这样就很好，还有很多年，未知的很多年。

温凉

一只灌满了蜜的坛子
静静地立在
窗台上
窗外是五月盛放的香椿树
几只鸟来回穿梭其间
天空像块巨大的溜冰场
两只燕子在悠闲地溜冰
当你从窗外收回目光
一只灌满了蜜的坛子
刚刚被打开盖子
你伸手蘸了一下，让她
吮了吮，食指上留下
一种记忆。

清澈而不见底

那个五月,我们漫步在
喀拉峻的星空下,如清澈
不见底的深渊,某种
能与心灵共生的东西
透过树冠洒下的光斑
投射在我们的心底——
星空多么美,它把
你青春的寂静给了我
在你身上,仿佛有一个
值得终生庆贺的节日
如此热烈,纯粹
像星空洒下的冰
浸湿夏日裙装下的肉体
喀拉峻像开向天堂的窗子
星空如黎明一样到来
我不知道,这是不是
我哭泣着将要返回的尽头
我们该祝福这一切吗
仿佛随风飘荡的种子
终于找到了
愿意接纳它的土地

具体而微

当我们来到海边，大海像一个
大词，限制了我们的想象力

很多细微的痛苦，接近于一种
隐秘的欢乐，被海风轻轻吹去

那么多人对着大海说：啊，大海！
大海不为所动

只有她具体而微，面朝大海
把腿分开——

大海于是变作一条内陆河
被她黑暗的源头吸纳进去

一个人睡了

一个人睡了，除了一张床
世界和他再无关系
当他醒来，世界又鬼魅般
重现——一个完好无损的人间
在他熟睡的那段时间里
世界去了哪里？
你想得有点多了，当你睡去
世界不为所动，只是在
默默祝福你保持完整的呼吸。

微醺

从居酒屋出来后，天有些阴沉，似乎要下雨
都有些醉了。他在犹豫要不要跟她上楼去
天很晚了，而她的丈夫又不在家（她暗示过）
他快速地想了一下，如果要上去，睡在一起
也算合情合理，然后呢？然后她会要得更多
或更少，陷入一种虚幻的纠缠里……他知道
那自雨中到来的不是爱，而是爱的微醺
如此想想，她的家门已一闪而过，他不清楚
这是一种错过，还是一个完整剧情的结束。

街角

我在靠近街角的房间写作
隔壁隐约传来了问候声
声音温和，像契诃夫
夹带着一丝肺气肿的柔弱
我又看到普鲁斯特端着下午茶
在靠近街角的露天茶座端详着行人
我知道这不可能，因为这是卡夫卡的国度
也许是我写作太过投入了
我写作，并以此靠近了地狱之门。

救赎

女孩脱下外套，开始喝茶
不时将喝剩的残茶
泼向门外的雪地
天空低沉，像是为一场会议
布置的蓝丝绒
过了一会儿，她披上外套
到院子的一棵树下撒尿
一辆自行车的阴影
投在她身上，像一双黑手
刚才，他们在房间的地板上
尝试做爱，你不懂爱，她说
你懂得的那一点，只是爱的
残余物，像那些残茶
他感到她的阴道像一个溶洞
布满了温柔的钟乳石
有一刻，他的心突然柔软下来
想想，死在里面算了
下午的时候，他们随运木材的卡车
来到这间森林小屋
满载着雪和乌鸦
他想再试一试

肉体能否拯救他们
但当一个人在内心
将另一个人清理出自己的生活时
她的阴道也是冷的，像地狱
他又为她倒上一杯茶
在她穿上内裤之前
他让她趴在自己腿上
轻轻拍打着她的臀
他们很久没有做爱了
现在他发现，肉体也无法救赎
又下雪了，他出门，一个人
走在空旷的林间雪地上
雪追着他，感觉整个人
都要随着漫天大雪飘起来
突然有什么东西一闪
那是一只夜行动物的双眼
在被车灯吻亮的一瞬。

你好，拉金先生

窗外，天空蓝得有些虚无
没有内容，近似于一个深渊
一架银色小飞机，在学习鸟类飞翔
除此之外，便是人间的景物——
一个少年挺着坚硬的阳具
在少女撅起的臀缝里抽插
快乐都是短暂的，他想，这些事情
他年轻时也干过，他暗自感谢了
上帝赐给他的几个女人，他们有过
美妙的性爱，他甚至和那个
十八岁的姑娘操过一个昼夜
然后在第二天接着去上班
但就是那么回事，做爱于事无补
那里面只有灰烬，和灰烬般的倒影
不会有快乐的，上帝安排了这一切
他如此有力地说服了自己，用一阵
沉默的祈祷，然后关上窗，回到
黑暗的房间里。

辑五

该如何

棋盘

常想起那些孤寂的冬日
我独自一人，沿着郊区的污水河
走很长的路，只为少遇见一个人
多享受一会儿空旷
偶有阳光泛滥的时候
踢着地上的枯草，想
夏日荒径旁那湿漉漉的野草
也曾有过野蛮蓬勃的力量
以前，我更注重内心的戒律
如今，我开始仰望布满星辰的天空
并从星空的棋盘上读懂了太多大地的道理
星空与大地，纯粹而永恒的存在
而我们不过是匆匆过客
也有遥远的某物，诱惑我们前往
但那又怎样
要成为的人，要演奏的
终曲，要得到的收获
终不过是孤坟一座，像
大地上的棋子，宇宙间的流星。

轻盈

当黑夜降临，一群负重的影子
排成一行，鼻息沉重地往山上爬
他们从落日那里得到的教诲已不够用
而星空幽冥，星光涣散
表达着一种枯竭的信心
诉说苦难已不可能，必须让苦难化作
轻盈的雪，轻轻覆盖这世界的荒凉
让生命呈现出它明亮的时刻
让衰败的事物重新长出翅膀
你看他行走的步态，像一只鸟雀在跳跃
仿佛要避开地球的引力，以便于飞翔
当北风将他的茅舍吹刮成一座孤岛
在骇人的呼啸中，他始终对世界保持着
确信的微笑——他努力恋着这个世界
仅仅是因为，阳光那好闻的味道。

崩溃

事物如何崩溃于
一个蚁穴般的隐喻
我们的命运如何在
窗前缓慢移动的光线里
被深刻改变，以及
如何辨别那流泪的形象
是沮丧还是喜悦
——要确信，要确信
就像一粒微尘
从一块生铁上逃逸
没有人注意，铁
似乎还是那块铁，但它真确地
失去了它的一份子，没有人知道
它就那样发生了。

偏离

暗夜，初雪的郊野上
一个人的脚步声，仿佛
有另一个人在与你轻声交谈
没有光，前路突然亮了一下
那是黑暗自身所发出的奇异光
能感到风从树枝上吹下来的雪
一种内心的圆满如此清晰
现在，是该重新走回歧途了
必须脱离人民这个乌有之乡
那危险的荣誉正准备靠近你
能否偏离那众目睽睽的中心
让荣誉扑个空？
诗是雪地上的新鲜脚印
是被生活丢弃的一部分。

该如何

该如何，不受低处的诱惑
去过一种充满戒律的生活
为那种短暂的极乐
戴上完美的荆冠——
当他们在黑暗中靠近，他知道
他们就要毁掉多年的友谊
被一种奇异的关系代替
像这绵延数公里的雨
将一种芬芳的关系引向低处
随后是充满悔恨的完美的罪
罪过如此清晰，让那一刻的幸福
也变得卑微
悲哀又恢复了它的人间面孔
如何让一种与心灵相伴的力量
将自我引向高处
高处，但又不在头顶的某处
心为它腾空一个位置
它俨然坐下，像一个教父
自上而下垂下怜悯的目光……

某物生长

读自己十年前的作品，如此新鲜
仿佛刚刚写下，仿佛十年的时光
不曾存在过，生活也没有变化
河流远去了，我没动
我远去了，时间没动
一切都只为一首诗而存在
而这首诗，它也一直在生长
生长在一种真实性里
为世界重新安排着秩序

赤裸

窗外的柑橘园，有三十种鸟儿在歌唱
长腿的白鹳在收割后的水田里觅食
那一刻，异乡的黄昏那么明亮
仿佛天堂又被拉近了一点
夜晚，树叶的哗哗声让我一直清醒着
某物安静，仿佛不存在
这不存在的一切映衬着我的存在
在这种相对的关系里，我终于确定
将生命安置在会议室、广场、人民医院
才是世界晦暗时刻的开端
我们的生命必须赤裸，像一枚阴茎
暴露在山地的风中

新生

当她哀求着骑到他身上
他分明感觉到，她是在拼命地打他
用一条湿漉漉的忧伤的鞭子
就这样他们像两条软体动物交缠着
一次次将身体抬升到目眩的顶点
那里，又仿佛是对死亡深渊的照临
大地上的房舍在岩浆和飓风中颤抖
一切道德都变成了诗歌中的道德
致命的快感像死亡发生的那一刻
疲倦的风在整理黑夜大地的遗容……
当太阳重新升起在人类的阳台
也照抚在他们的身体上，哦崭新的肉体
一对新人又重新恢复了自责与羞赧
死亡已发生过多次，死亡已发生过多次
而新生只有一次机会。

庇护

一只鸟歌唱着，离开了它的巢
一条船呜咽着，离开了它的岸
山河像一道道寂静的褶子
在赤裸的土地上，是我们赤裸的生命
唯怜悯可做庇护，唯耻辱可做逃遁
一座寒冷的大教堂
抵不过一间温暖的小木屋
当耻辱接近圆满时，我们便可以
当作礼物接受下来
只有死亡是属人的
以及爱，那微弱的哀矜
比如一只鸟的死亡所负载的悲伤
不大不小，世界为之轻轻一颤

不安

昏暗的灯光下，客人们
喝着啤酒，三三两两地
聊着一些不安的话题
仿佛在焦虑地等待着
某种临近的命运
那无法化解的恐惧啊
已难以支撑未来的生活
只有在黑暗的厨房里
主妇在有条不紊地
烹煮着最后的晚餐

污点

露台上的雪渐渐厚了
埋住了四季蔷薇
过冬的鸟，像那雪中玫瑰
激动如雪花自枝头抖落
一种闪耀的、单纯的白
延伸至冬季的室内——
新酒，旧信，影子，茶
做一个居家的流亡者，这很好
在无人处歌哭，在无名中消失
一种真实的燃烧，内心的火焰
入夜，围着廊道的灯，雪旋转
美好的舞蹈，带着寒意和友谊
当推开被积雪掩埋的家门
白雪覆地如一幅高贵的丝绒
我站在漫天大雪中
像大地上的一个污点

争吵

刚刚，世界发生了一场争吵
他狠狠地揍，她痛苦地咬
某种绝望的极乐在他体内滋生
而她自身携带着一个地狱和天堂
那是她肉体发育出的天性
一个永恒的困境
就像在大吵之后
爱又天使般重临
只是在这场激烈的争吵中
根本就不存在思想
那痛苦的吻，一对焦唇
满是命运的沟壑

内心秩序

新雪过后，空气像
刚刚清洗过的水族箱
一只麻雀在那最柔嫩的枝条上
来回跳跃，想起你身上最敏感的
那根弦，也曾被我奏响
当鸟儿的翅膀滑过雪线
纯洁的弧度如同你的肉体
我感到内心的混蛋又回来了
像一只灰鼠，胆怯又猥琐
沮丧就这样突然将我扑倒
像一个热情的熊抱
啊，这一瘸一拐的日子
这一瘸一拐，这日子
一个人内心秩序的混乱
意味着有一场争吵要发生
此时，何妨将心爱者邀请入梦
在下午三四点钟的
阳光里

物候

这物候的冬季，人生的盛年
雪与黑暗交相装饰的梦境
光秃秃的幼林挂着一盏朝阳的灯笼
低矮的屋顶上升起一缕青烟
这哀歌般的人世啊，这踌躇的时刻
那些和着艰辛的美岁月哪去了
那青春的国也已远离
我们聚于此虚无繁华之地
进行着无主的酒宴
一个暴怒的父亲环伺在侧
父亲造屋于尘世，几次三番
留在地上的产业
无非是一堆瓦砾
迁徙的鸟群在空中
互致问候，交相分离
要确信自己活着，活在这
永恒的告别中
然后打开家门
像一个未获邀请的词
独自上路

无思

动物们因无思而存在于世界中
人类因思而被拒于世界的门外
我想生活在众物中，作为一个物
和众物一起投入到世界中
作为一个冒险者，投入一种危险的
敞开中，在无遮的命运下伫立
作为一个死者，大地上的荣耀居民
躺在山河的衣褶里，在耳聋般的寂静中
看着天空的鸟群，做着从容的迁徙
并用一个缄默的焦唇，在内心歌唱

附录

颈子高昂，迎向那道光
——回答时宁的十二个问题

时间：2017 年 6—7 月
地点：北京

S：是怎么开始走上诗人这条路的？对于自己第
一本诗集的看法是什么？

D：如果问我是从什么时候开始写诗的，我勉强
可以回答——大概是从读大学时，某次写作
课上，我写下第一首诗，作为写作课的作业。
也许在这之前，我也写过诗，只是记不太清
晰了。这种源头性的记忆，总是很模糊。就像
一条溪流，回忆第一滴水源自哪里，太难了。
那仿佛就是一种必然性在里面，有一种宿命
性的东西包含其中。但你问我是怎么走上诗
人这条路的，我要好好想一想。诗人——这
条路，两个问题，首先，你要确认自己是一
个诗人，这种自我身份的确认要经历一个不
长不短的时间。一开始写诗时，不敢自认为
诗人，因为"诗人"作为一种身份命名，它
需要某些来自自身之外的确证，比如某某协

会的会员，比如发表、获奖、出版，等等。有了这些加持，一个初学者才敢自称为诗人。这当然是很荒谬的。在度过最初的惶惑之后，在你写出一批自认为不错的作品后，"诗人"这个身份才得以被自我确认。这当中也会有羞愧，也会有不安，但身份的确认总是与作品密切相关。我确认自己是一个诗人时，已写了大概十年诗。我觉得写诗这个行当，你就先干上十年再说，如果写了十年能写出感觉和自信，那就继续。继续的意思是，"走上这条路"。这不是一个简单的选择，而是一个绝对的、唯一的选择。古老的教诲，人不可能两次踏进同一条河流。弗罗斯特说面前两条路，你只能选一条来走。荷尔德林将"做诗人"称为纯洁无瑕的事业。总之是，"走上诗人这条路"是一个异常严肃的选择，不仅仅是一种职业，更是志业，是宿命，是准备为之而献身的献祭。所以，"走上诗人这条路"不是说说而已，他要承担太多选择的痛苦，包括诗与生活那"古老的敌意"。当然这其中必有极乐，必有让人为之而献身的高度或深度。看不到这些，就不必走这条路，因为到处都是悬崖，随时会遇到虚无，幻灭的感觉并不好。

　　我的第一本诗集好像是手抄的，有了打

印机后，自己还打印过几本诗集，然后分送给几个朋友。第一本铅印的诗集是西安的朋友黄海帮我做的，大概是1998年还是2000年，记不清了，书名叫《重力使一切向下》。那本诗集印完之后我就后悔了。不仅仅是"悔其少作"，而是对虚荣心的某种羞愧。我收到诗集后就封存了起来，基本没散发出去几本。我但愿它已不在人间。那是我初学写作阶段的产物，从那本诗集之后，我才确认自己开始了真正的诗歌写作。

对初学写作者来说，拥有自己的第一本书，是一个不小的诱惑，这并非仅仅出于虚荣心，而是一种跃跃欲试的渴望。很多诗人都会面对这种渴望和诱惑，哪怕他是大师。"要留下一首诗，为了那个在白昼尽头 / 等待着我们的悲凉时刻，/ 要把你的名字与那黄金与暗影的 / 痛苦日期连在一起。这就是你的渴望。"博尔赫斯的第一本诗集《布宜诺斯艾利斯的热情》出版于1923年，诗人24岁。这是一本只有64页的小书，由诗人的妹妹设计封面，没有页码和目录，没有认真的校对，有点像儿童读物。诗集只印了三百本，他将诗集送到《我们》编辑部，恳请编辑将它们放入来访者挂在衣帽间的大衣口袋里。他靠此获得了最初的一点诗名，这也是他最初的惶惑所在。在晚年，当他回忆此事时说：
"现在我只能为我早熟的极端主义的过分表
现感到遗憾。过了差不多半个世纪后，我仍
然在心中设法抹去我生命中的那段愚蠢的时
期。……我已不为那时过分的表现感到内疚，
因为那些书是另一个博尔赫斯写的。直到不
久前，我还想如果书价不高，我就把那些凡
能找到的书统统买来，付之一炬。"大部分
诗人的第一部诗集命运并不好——我觉得这
倒是个有趣的课题：1876 年，马拉美的《牧
神的午后》只印了 195 册，十年后的自选集
《诗集》印了 40 册；兰波的《地狱中的一季》
印了 500 册，他自己拿了 6 册，其余的丢在
了印刷厂的地下室里；惠特曼的《草叶集》
第一版是自费印刷，直到第五版，他才赚了
25 美元……但这又有什么关系呢，除了一点
渐渐变淡的羞愧感，一切都过去了。

S：："下半身"对您而言有什么样的意义？觉得自
己在"下半身"时期做过的最酷的一件事是？

D：：我被这个话题揪住不放已经十多年了。我也
乐于面对，因为那是个不错的开端，对我而
言。那首先是一次打开，无论从艺术观念上
还是诗歌经验上，都是一次打开。它所具有
的当代性，现在怎么强调都不为过。为什么
要这样说？就是当你把汉语诗歌放到当代艺

术的大视野里去观察，你会发现，"下半身"的观念和实践绝不仅仅是触及了"性"那么一个禁忌性的小G点，而是打开了进入"当代性"视域的大门。门关着，大家会觉得一切都好，圈子里其乐融融。但当代诗歌已不是古典意义上的，或经典意义上的诗歌了，它必须触及当代，必须在"当代"的熔炉里历练一番，方可展现它的光芒。一切传统的东西都烟消云散了，一切经典都变得扯淡了，我们所欣赏的那种美已孱弱不堪。我现在读一首诗，更愿意将它与一件装置艺术并置起来，看看它在卡塞尔、威尼斯，在蓬皮杜、泰特能否立得住而不羞愧、不怯懦。这就是"下半身"对我的意义，它让我摆脱了"唐诗三百首""新诗百年经典"这个参照系，来到了一个异常空旷、荒芜、野蛮、混杂的境地里，让我去面对一种赤裸的当代境况。从这里，开始写诗。

　　最酷的一件事，想来想去，发生在我身上的还真没有。我也不是一个会耍酷的人，别人问起来，我都是讲述朋友们的故事，他们都是一些有趣的人，当然也很酷。耍酷的事情都被他们做了，我没有什么八卦。回忆催人老，说多了就是传奇。

S：有人把您的诗歌分为这几个阶段："下半身"

时期，"看到"时期，"现场"时期？

D：首先，这些分期都很笼统，也没意义。在一个人漫长的写作生涯里，变化总会发生，说明在通往真理的路上一种不确然性一直在围绕着他。诗歌既是也不是"下半身"，既是也不是"发现"，一旦诗歌陷入某个既定的情境／路径，诗就不再是诗——也就是说，诗歌呼唤创新，或者说创造性捕获了诗。其次，"下半身"也并非开端，在此之前，还有一个很长的学徒期。这个学徒期基本上是一个人在困惑无知中摸索，没有交流，资讯甚少，全凭着对汉语的一点热情。很多人都是在学徒期就放弃了，没来得及找到一点光亮。"下半身"算是一种自觉，但也只是阶段性的。此后每隔几年，自我认识和实践都会有一点变化，这变化也是左冲右突、不满于现状的摸索。一些变化源于自我境遇的改变，很多时候生活里的风吹草动会影响一个人的美学风格和路径选择。更多的变化来自于对诗歌的认知，因为经验的积累，一种主动的改变在所难免。写作就是一种始终不满足的欲望在支撑着。我写诗始终在走弯路，走上歧途也很正常，走不通了就再退回来。我没有一条道走到黑的勇气，也不太信任诗歌就是一条道路。条条大道通罗马，我们的目的是罗马，而不是道路。很多人会对道路本身感兴趣，风格与修辞，先锋或保守，我现在好像对这些没兴趣了，我只想到罗马。罗马在哪里，我也看不太清楚。有时候以为那个道路是对的，走了一段时间，发现已经南辕北辙。我就会看看星空，调校一下方向。我要去罗马，这个信念越来越强烈，以至于超越了诗歌本身的信念。我也不在乎写得好或不好，只心存一个念头，那就是诚。要诚实。其他的无关紧要。我也很敬佩那些一条道走到黑的人，他们是真正的先锋，我不是。先锋都是死在路上的人，而我要去罗马。所有去罗马的人都会死在路上，我也会的，这毫无疑问，因为罗马是一个信仰中的乌托邦。

S：近年来您获了不少诗歌奖，对于这件事您怎么看？

D：在我们的文化里，一般会把小红花发给好孩子。我获得了那么多诗歌奖，说明我是诗歌里的好孩子，对吧。但这在一定程度上证明了我相对优秀的平庸性。每得一个诗歌奖，我都要赶紧检讨一下自己，这奖怎么会给你？你又做了什么？我得了一些奖，我必须尊重发给我奖的人或组织。谢谢他们，我承受他们的好意，谦虚地接受他们的奖赏。但是，我必须检讨自己——被太多人喜欢并非好事。诗歌也不需要太多读者。有井水处皆咏柳永词，诗不能在一种流行歌词的水平上被普遍接受。但我也并不愿主动声明不接受奖项，那对我来说既有些做作，也有违我的天性。事实上我也事先拒绝过一些，有些奖项充满了暗示、团伙气息和势利。除了自我检讨，我也有一些自己的底线，比如，绝不主动去谋取奖赏，也绝不接受体制的奖励。获奖这个事情很重要吗？在我没有工资收入的很长一段时间里，奖金给我带来很大的安全感，我必须心存感激。但写作不为获取奖赏，写作在很大程度上是一个自私的行为——它是一种终极的自我救赎。因此它顾不上太多。有没有人欣赏，领没领到圣餐，都无关紧要。在很多优秀的诗人那里，获不获奖根本就不在关心之列。我现在的写作，有一种行走在旷野里的快意和幸福感，掌声更像是一种打扰。我跟你说，罗马城墙是对我最大的奖赏，以及通往罗马城的十字架。

S：当代人（特别是年轻人）更倾向于电视剧、网游、网络小说等，我认为这个时代是一个"诗歌没落"的时代，您同意这个观点吗？

D：我不能同意。即使没有电视剧、网游和网络小说，当代青年们也不会选择亲近诗歌，他们会选择其他更轻松更无聊的活动。这和以前的年轻人倾向于歌厅、舞厅、游戏厅差不多。人类普遍的追求轻松堕落的倾向注定了这一切。这个世界是属于散文的。为什么不可以呢，活得已经很累了，已经没有太多生而为人的尊严了，那就随波逐流吧，顺坡而下吧，及时行乐，怎么样都是一生。往大了说，我们都是唯物主义的孩子，红旗下的蛋，一切审判都来自现世，我们的任务只是与人斗其乐无穷，对付自己的一身臭皮囊。从诗的角度说，诗属于少数不安的、敏感的心灵，不需要太多的读者，不需要太多的关注，诗高傲起来也很吓人的，没不没落它毫不关心。对它的关注不是恩赐，诗没必要心存感激。你用了"当代人"这个概念，我也可以用"当代诗"来对应它。当代诗可能也不再是经典意义上的诗了，它本身即包含有"冷漠""堕落""破碎""分裂""悖论"等与当代人心理相符的精神元素。也就是说，"当代诗"本身就疏离了"诗"，是对传统"诗"的隔绝与背叛。当代人疏离当代诗，当代诗又通过自身的努力映照这一切，这本身就构成了一种异质同构的当代景观。就像1980年代的诗歌与那个时代的心灵共舞，当下的冷漠与疏离恰可映照这个时代的精神疾患。你说诗歌是没落了呢，还是进步了呢？

S：诗集《最后的黑暗》后记中你写道，"关于写诗这件事，我好像越来越顽固，越来越无话可说……我真的不知道诗到底是怎么回事。"作为一个诗人，真的会越来越不知道"诗为何物"吗？

D：诗是无法准确定义的、永远有一部分处于未知状态的东西。你无法给诗下一个科学的定义，因为它本身就不"科学"。诗是恍兮惚兮的，它是存在的，也是被创造的；是从生命中生长出来的，也是无中生有的；是先验的，也是经验的；是已知的，也是未知的；它是说出的，也是说出之外的那个东西。总之，它是无法被完全把握的、一种充满精灵的创造之物。我在第一本诗集《追蝴蝶》的后记里也写过，写诗仿佛追蝴蝶，你似乎确切看到了，等你追过去，它又飞远了。著名的传记作家詹姆斯·鲍斯韦尔曾经问十八世纪的英国文坛领袖塞缪尔·约翰逊："那么，先生，诗到底是什么？"约翰逊回答道："啊，先生，说诗不是什么要容易得多。我们都知道光是什么，但要真正说清楚光是什么，却很不容易。"事实上，想说清楚"诗不是什么"也并不那么容易。我写诗二十余年，如果有人问我诗歌的定义是什么，我还是很难回答上来。我相信绝大部分诗人都很难回答上来，如果他把诗是什么都搞清楚了，他就很难写好诗了——他会因此陷入某种偏狭。我很佩服那些将诗认准为某物，并一条道走到黑的诗人，他们或偶有怀疑，但依然坚定地走下去。你谓之偏狭亦可，谓之先锋亦可，但这种勇气和定力让人佩服，至于写的是不是诗已无关紧要。杜尚的小便池是艺术品吗？不会再有人这么问了。但保持对诗的"未知"状态，是迷人的，也是诱惑我们一首接一首地写下去的理由。我们承认对诗的无知，这正是诗歌的伟大之处，也是我们的聪明之处。就像苏格拉底，阿波罗神庙的神祇说苏格拉底是天底下最聪明的人，苏格拉底知道，其实是因为别人无知而不自知，而他，虽然也无知，却知道自己无知。从这点上说，他是最聪明的。苏格拉底总结，人总是无知的，真正的知识只属于神。诗，或关于诗的知识，在某种程度上也是属于神的。

S：听说您有过多年自由职业的经历，我现在就是自由职业，处于饥饱不定的困难时期，能问您当年是怎么走过来的？

D：所谓自由职业，就是有自由没职业，又往往因为没职业，从而导致无自由。现实的逻辑大概就是这样。你以为你摆脱了职业的束缚就能获得自由，你最终所获得的也许是焦虑和恐惧。适度的饥饿感对一个写作者而言是有好处的，餍足会腐蚀一个人的心灵，但过度的匮乏也会伤害一个写作者的身体和心灵。但无论如何，自由的价值至高无上。当我决心离开那个铁饭碗去谋求某种自由和尊严时，我首先把一份职业置换为另一份职业，也就是把读书写字作为一份职业来对待。在我离开单位之后，我把书房作为另一个单位，每天按时坐在书桌前，哪怕写不出一个字，我也要强迫自己坐下来。这种做法其实是在掩饰内心的恐惧和焦虑。但你知道，我信奉一个简单的生活哲学，那就是功不唐捐。你努力做的每一件事，都会在未来的某一时刻为你带来回报或安慰。就是依靠这简单的哲学，我做了十年看似不合时宜的事情。这种生活需要一种成就感作为支撑，也就是说，你必须在你所投入的那项事业里建构起新的价值体系。人必须生活在某种价值体系里，才能心安理得，不至于恐慌和焦虑。写作生活也可以视作一种新生活、一种可以安身立命的价值体系，但建构过程充满了艰险和危机。你如果将写作仅仅视为一种爱好，那还是要找份正经工作为好，不要将写作作为生活的重心；你如果想在诗歌上有所成就，那就必须做出选择，是选择走一种正常的生活轨道，还是选择一种"绝对的生活"。我经常以荷尔德林为例，来解释何谓"绝对生活"。荷尔德林说过，"作诗是最清白无邪的事业"，出自荷尔德林1799年给母亲的一封信中。荷尔德林的母亲是一个寡妇，多年来省吃俭用供孩子读书，就是希望荷尔德林能够尽快找个正经工作，娶妻生子，过正常人的工作。但荷尔德林已经决定献身于诗神，弃绝尘俗的生活。他认为世俗生活和诗人生涯是相冲突的，生活与诗歌之间有一种"古老的敌意"。他曾经对母亲说："有些人远比我更强大，他们尝试着既做一个伟大的商人或学者，同时又做一个诗人。但到最后他们总是为了一样而牺牲另一样，这绝不是好事……因为如果他在自己的职业上做牺牲，那他就是对别人不诚实；如果他在艺术上作牺牲，那他就亵渎了神赋予他的天生的任务。"但他又不想过分伤了母亲的心，因此就常会写信安慰她，跟她解释。这句话的意思是，作诗是一种自由的、沉湎于想象世界的朴素的游戏，它不需要对现实说话，不需要做出什么现实决断，因此作诗是完全无害的，在此意义上它也是无用的，因为它"不径直参与现实并改变现实"。表面上看是这样，一个诗人在现实面前往往显得天真、无力、不合时宜，事实上诗人拒绝了俗常的生活，而投身到一种为诗神献祭的"绝对生活"。这是诗人道路选择的问题，是跟生活讲和，还是弃绝常俗，选择一条更为"清白无邪"的生活方式。布朗肖在谈论卡夫卡时，也谈到过这种"绝对生活"的诱惑与危险。一旦你选择了这种生活，你就活在了一种危险的边界上，很多具有魅力的生活方式就不再对你构成诱惑，写作已内化为你的信仰。总之，如果你希望你的写作具有某种价值和意义，那你就要做出一些选择和决断，你就必须承受选择的结果，无论这种选择会带来多少艰辛和陌异。如朋霍费尔在他的《伦理学》开头所言，自由不是沉湎于想象，而是落实于行动，它需要你摆脱胆怯和犹豫，"进入生活的风暴"。写作，就是投身到时间不在场的诱惑中去，投身到一种"本质的孤独"中去。

S：做一个诗人，最重要的素质是什么？

D：在不同时期，这个问题会有不同的答案。曾经我以为一个人的语感很重要，很多诗人对语言没有天赋，读起来让人很难受；写诗肯定具备一定的手艺属性，这东西需要千锤百炼，自不待言；当然一个诗人的思想视野和知识储备也很重要，你要写"全人类的诗"，应该具备全人类的眼光；难道一个诗人的精神属性不重要吗？要正直，勇敢，有正义感，也很重要，因为写到一定时候，这些因素就具有了决定性；诗人还应该具备一根敏感的神经，就像 G 弦上的轻轻一颤，可以打动千万颗心灵，很微妙，甚至有点神秘。这其中哪个才是最重要的素质？没有什么是最重要的。一些相互矛盾的东西，甚至是命运中的一点额外的赠予成就了你，也可能会毁灭你，阻碍你。成为诗人，在某种程度上与僧侣的修行有些相似，你很难说是哪些素质成就了一个高僧大德，但的确有些人得了道，有些人不入门。但在整个写作生涯里，仍有一些东西不可或缺，比如说，要保持专注度，专注地将一件事情长时间地做下去，这并不容易，甚至需要些天才。很多汉语诗人中年之后就早衰了，一方面，缘于早年所开拓的基础太窄太薄，另一方面，就是不能再保持专注，开疆拓土的欲望、享受荣誉的欲望影响了写作。还有一点非常重要，就是要诚实。修辞立其诚，对于一个写作的人，做到"诚"并不容易，维特根斯坦说"想不说谎太难了"，"文"在汉语里本身就带有"不诚"的基因，因此这是一项充满荒诞感的搏斗。中文写作里有太多浮华的、不诚实的东西存在，因为这些东西容易得到掌声。

S：你觉得你现在的写作处在一个什么阶段，你将走向哪里？

D：我现在有一种行走在旷野里的感觉。也就是远离人群，一个人走进一片空旷、开阔、凛冽、荒凉的境地里。这是一个什么阶段？我也说不清。以前我是在平原写作，有太多街巷的气息；现在似乎是在高原写作，孤寂、缺氧，但有更多精神上的快感。以前写作就像追蝴蝶，能看到某种美的东西在前面诱惑着自己；现在除了荒原戈壁，似乎看到了更高的东西，比如雪山。我前一阵去了喀拉峻草原，看到了草原尽头环绕的雪山，我真的激动得要晕过去。就仿佛你沿着草原一直走一直走，就能走进雪山，走进天堂里。你问我"将走向哪里"，这也是我目前最为关注的一个问题。如果说以前的写作会有更多的人间性、烟火气，以及对现实的关注，我现在的写作更多关注一些形而上的、信仰的、终极性的问题。"我是谁，我从哪里来，我到哪里去"，我觉得诗歌会带我找到那条路。

S：在您看来，诗歌与政治处在一种什么样的关系上？

D：你可以看到，处在不同处境的诗人，会对这个问题给出不同的答案。也就是说，现实处境会影响对这种关系的判断和选择。很难说哪个是对哪个是错，"各言其志也已矣"。有没有一种普遍性的关系存在？巴迪欧讲过一个阿基米德之死的故事，或许有点启发。阿基米德生活在古希腊时代的西西里岛，比牛顿早两千年发明了微积分，是一个"举世无双的天才"。罗马入侵西西里时，他还参与了抵抗，发明了一种新式武器，但最终还是罗马人获得了胜利。罗马人占领初期，阿基米德照常维持着他在沙滩上演算几何问题的习惯。有一天他正在沙滩上写写画画，过来一个罗马士兵，告诉阿基米德，罗马的马尔库勒斯将军要见他。阿基米德未予理会。士兵连说了几遍，"阿基米德，将军要见你！"阿基米德说："先让我完成我的证明。"士兵最终气急败坏地拔剑刺向了阿基米德。"阿基米德死了。他的躯体落在沙滩的几何图形上。"这里面有两个问题，一是，将军为什么要见一个科学家？将军不可能对数学感兴趣，在巴迪欧看来，这和一个化妆品公司的老总要见一个哲学家一样荒诞。但马尔库勒斯将军的确对阿基米德产生了兴趣，这种好奇心犹如一个胜利者对一个著名的失败者所产成的兴趣。仅仅出于好奇心，就像斯大林有兴趣打听一下曼德尔施塔姆的创作水准，"他是不是大师"。另一个问题是，罗马士兵与阿基米德的关系，是"国家的正确性与创造性思想之间"的关系，也就是暴力与数学的纯粹性之间的关系。他们之间本来不存在真正的争论关系，但当一种创造性的思想一旦形成其自身的内在规则，他就会"外在于法律"，而无法与王国的召唤融为一体。"这就是为什么最终暴力出场了，并证明了在权力一边和真理一边之间根本没有共通的标准，也没有共同的经历。"（巴迪欧）当暴力出场后，思想者的处境就发生了改变，二者的关系也随之有了一个普遍性的基础。在这个基础上发生的一切，就都好理解了。

S：你曾经说过最重要的就是"爱"，包括创作中对"爱"的追寻，能谈谈这个问题吗？

D：在这个垂头丧气的世界上，如果没有爱，人靠什么活？没有爱，就没有活下去的勇气，也没有活的意义。薇依说"爱是我们贫困的标志"，"爱"作为世上的光，映照出我们的贫困和悲苦。对爱的追寻，其实就是颈子高昂，以便迎向那道光。对一个写作者而言，爱的意志深不可测。米沃什在评论拉金时，给我很多启发。他说作为一个出色的工匠，拉金非常棒，但他就是喜欢不起来。因为拉金对当下、对世界表现得过于病态，"他是一个非常沮丧和不快乐的人，绝望的人"，"在他的诗歌里，没有启示"。没有启示，也就是不能带来一种热情的、让人充满希望的、类似于"光"的东西。朋霍费尔在总结人生的诸种道路时，也号召我们去做一个乐观主义者，或者说一个悲观的乐观主义者，"乐观主义的本质在于，它不担心现在，而在别人都已心灰意懒的处境中，它却是灵感、活力和希望的源泉；它使人昂首向前，去争取自己的未来，而绝不把自己的未来交给自己的敌人。"这有些难，是一条充满信仰与辉煌的窄路，仿如当圣城即将被毁灭时，先知耶利米的呼告："在这片土地上，房屋、田地和葡萄园，还将可以再次到来。"当绝望来临时，必须克服这绝望，肩扛责任，将每一天当作最后一天来度过，直到希望的重临。没有这种精神底色，就会落入廉价的反讽、悖论和挖苦。这些东西我们已经受够了。所以我现在有一种强烈的翻过现代的、后现代的荒漠，回到浪漫主义之前的那种源头去的冲动。

S：你对初学写作的年轻人有什么建议吗？

D：①先坚持写十年再说。如果第一个十年坚持下来，就继续坚持第二个十年，第三个十年；②无论对哪一种风格或路径，始终保持谦逊的怀疑，并勇于接受异己的东西；③别相信那些诗歌教主的话；④对自我，始终充满惶惑—自信—惶惑—自信，保持好节奏和呼吸；
⑤不断地学习很重要，时刻保持专注很重要；
⑥就这么写下去吧，成就不成就的先不去考
虑。

S：如果让你问自己一个问题，你会问什么？

D：问：你绝望吗，就目前这种状况？

图书在版编目（CIP）数据

在猎户星座下：朵渔诗选 2015-2017 / 朵渔著.
-- 北京：作家出版社，2018.10

ISBN 978-7-5212-0245-8

Ⅰ.①在… Ⅱ.①朵… Ⅲ.①诗集-中国-当代
Ⅳ.①I227

中国版本图书馆 CIP 数据核字（2018）第 226364 号

在猎户星座下：朵渔诗选 2015-2017

作　　者：朵　渔
责任编辑：李宏伟
装帧设计：合利工作室
出版发行：作家出版社
社　　址：北京农展馆南里 10 号　　邮　　编：100125
电话传真：86-10-65930756（出版发行部）
　　　　　86-10-65004079（总编室）
　　　　　86-10-65015116（邮购部）
E-mail: zuojia@zuojia.net.cn
http://www.haozuojia.com（作家在线）
印　　刷：三河市紫恒印装有限公司
成品尺寸：120×200
字　　数：79 千
印　　张：5.625
版　　次：2018 年 10 月第 1 版
印　　次：2018 年 10 月第 1 次印刷
ISBN 978-7-5212-0245-8
定　　价：46.00 元